Cómo
Reconocer
a un
Monstruo

Cómo reconocer a un monstruo

Primera edición: septiembre de 2010
Segunda edición: abril de 2013

© 2010 Gustavo Roldán (texto e ilustraciones)
© 2010 Thule Ediciones, SL
Alcalá de Guadaíra, 26, bajos
08020 Barcelona

Director de colección: José Díaz
Directora de arte: Jennifer Carná

EAN: 978-84-92595-63-1
D. L.: B-35005-2010

Impreso por Gráficas 94', Barcelona, España

www.thuleediciones.com

Gustavo Roldán

Cómo Reconocer a un Monstruo

thule

Si nos encontramos
ante algo que pudiera
ser un monstruo,
es mejor asegurarse
de que realmente lo sea.

Si sus patas
son enormes
y peludas...

Si esas patas son tantas que forman un bosque...

Si su
Panza Provoca
Una suerte de
techo Sobre
nosotros...

Si su cola
se extiende
por metros
y metros...

Si
tiene escamas
tan duras como
escalones...

Si de sus orejas
salen larguísimos
pelos...

Si debajo
de las cejas
tiene ojos
amarillos...

Si
su nariz es
como una
gigantesca
berenjena...

Y, sobre todo,
si tiene una
boca oscura y
llena de dientes...

entonces
no caben
dudas...